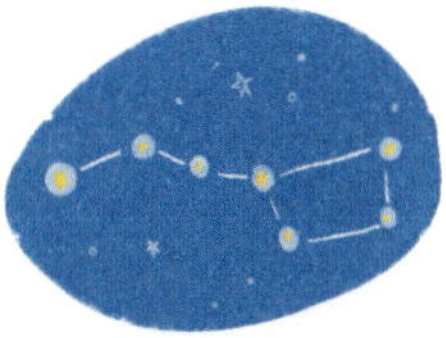

Anna Woltz

SONNTAG, MONTAG, STERNENTAG

Aus dem Niederländischen von Andrea Kluitmann

Mit Bildern von Lena Hesse

CARLSEN

Der neue Nachbarsjunge

Es fing an einem Freitag an. Oder nein, warte. Erst mal solltest du wissen, wer ich bin. Ich heiße Nora und ich bin Erfinderin. An meinem Zimmer kann man das sehr gut sehen. Und an mir meist auch.

Letzte Woche brannten meine Haare ein wenig. Und aus meinem schönsten Pulli habe ich Flügel geschnitten. Ich wollte unseren Hund Bruno fliegen lassen. Aber Bruno hatte keine Lust dazu. So erzählte ich das auch Papa und Mama.

»Bruno *wollte* nicht fliegen. Darum ist er abgestürzt. Es lag nicht an den Flügeln. Die waren richtig gut.«

Früher haben meine Brüder mich immer ausgelacht. Wenn ich sagte, ich sei Erfinderin, dann klangen sie wie Esel.

Nicht, weil sie Esel nachmachen wollten. Meine Brüder lachen nun einmal so. *Ie-aaa ie-aaa ie-aaa!*

Aber dann habe ich eines Tages einen Drachen erfunden. Einen mächtig großen, in den ich selbst reinpasste. Er hatte Taschenlampen als Augen und einen Föhn im Bauch. Mit einer Kordel zog ich sein Maul auf. Und dann schaltete ich den Föhn ein.

Rote und silberne Aluminiumstreifen fingen an zu flattern.

Feuer.

Wenn ich es so erzähle, klingt es nicht so richtig gruselig.

Aber du kannst es mir wirklich glauben!

Wenn du im Dunkeln die Treppe raufgehst, und dann

funkeln da plötzlich Augen … Und da ist Getöse … Und die Flammen schlagen dir ins Gesicht … Dann klingst du nicht mehr wie ein Esel, sondern wie ein kleines Baby.

Ich saß im Bauch des Drachen und ich hörte meine Brüder heulen und jammern.

Und zitternd nach Mama rufen.

Haha. Ich bin Nora, und ich bin Erfinderin.

Jetzt aber: Mein neuer Nachbarsjunge

Es fing also an einem Freitag an.

Ich kam aus der Schule und konnte nicht mehr in unser Haus rein. Ein riesiger Umzugswagen parkte vor unserer Tür.

Die Ladeklappe war offen, sodass man genau in das Maul des Wagens schauen konnte. Und der gesamte Gehweg stand voller Kartons und Matratzen.

Ich fand es großartig.

Es ist doch langweilig, immer einfach in sein eigenes Haus reinzukönnen, oder?

Die Sonne schien, es war schön warm.

Ich setzte mich auf den Gehweg und holte ein Brot aus meiner Tasche. Ich habe immer eins extra dabei, falls ich mal entführt werde.

Ich lehnte gegen eine große, schwarze Kiste.

Und dann sah ich den Jungen. Er stand hoch über mir, im Maul des Wagens. Seine Haare waren dunkel und standen zu allen Seiten ab. Er schaute wütend zu mir.

»Hallo«, sagte ich mit vollem Mund.

»Wohnst du jetzt hier?«

Mit einem Satz sprang er neben mich auf den Gehweg.

»Geh weg da«, sagte er leise.

»Warum?«

Seine Augen blitzten.

»Geh weg da«, wiederholte er.

»Der Fußweg gehört allen, weißt du«, sagte ich.

»Aber diese Kiste gehört mir.«

Er zeigte auf das schwarze Ding hinter meinem Rücken.

»Was ist da drin?«, fragte ich.

Er schüttelte den Kopf und schwieg.

Ich schaute zu der Kiste und wollte sofort eine Brille erfinden. Eine, mit der man durch Holz und Eisen hindurchschauen konnte.

Ich wollte auch eine neue Art Pümpel erfinden. So ein orangefarbenes Ding mit einem Holzstiel, das man für den Abfluss benutzt.

Aber für Jungen.

Ein Jungen-Pümpel, um den Kopf von diesem Jungen zu entstopfen, der mich hier so anblitzte.

Und dann würde er sich normal benehmen. Aber ich hatte keinen Jungen-Pümpel.

Und mein neuer Nachbarsjunge schaute, als wolle er mich beißen.

Also schluckte ich den letzten Bissen von meinem Brot herunter.

Ich stand auf. Kletterte über drei Kartons, einen Tisch und eine Matratze. Und ging rein. In unser Haus natürlich, nicht ins Haus der Nachbarn.

Ich musste einen Jungen-Pümpel erfinden. Und zwar schnell!

Ich mag keinen Besuch

Mein Zimmer ist ganz oben auf dem Dachboden. Das ist der beste Erfinder-Dachboden der Welt. Und der vollste. Papa und Mama dürfen nie was wegwerfen. Kartons, Klopapierrollen, Plastikdosen, Gläser – ich hebe alles auf.

Den ganzen Nachmittag habe ich an meinem Jungen-Pümpel gebastelt. Ich benutzte einen Besenstiel, ein altes Sieb und fünfzig Nägel.

Und dann hörte ich meine Mutter rufen.

»Nora, wir haben Besuch! Kommst du bitte runter?«

Ich seufzte tief. Besuch, das sind immer Erwachsene. Und Erwachsene sind so wahnsinnig langweilig. Ständig fragen

sie: »Wie läufts in der Schule?« Aber sie hören sich die Antwort nie richtig an.

Langsam schlurfte ich alle Treppen runter. Vom Dachboden bis ganz nach unten. Und dann blieb ich stocksteif stehen. Im Wohnzimmer saßen ein Mann und eine Frau. Und zwischen ihnen hockte der wütende Junge mit den dunklen Zottelhaaren. Die Augenbrauen zusammengezogen. Die Arme über der Brust verschränkt.

Du doofe Nudel!, sagte ich ohne Ton zu mir selbst.

Dussel! Schafskopf! Wo ist der Jungen-Pümpel, wenn man ihn braucht? Jetzt lag das Teil oben ...

»Da ist also Nora!« Mama zeigte fröhlich auf mich.

Die Frau zeigte auf den Jungen. »Und das ist Ben.«

Ich sagte nichts. Ben schwieg auch.

»Ihr seid genau gleich alt«, meinte meine Mutter.

»Wie schön«, sagte die Frau. Sie legte Ben eine Hand auf die Schulter.

»Mein Sohn ist ein wenig schüchtern. Er findet neue Menschen manchmal unheimlich. Vor allem Mädchen.«

Sie lachte und Ben wurde knallrot.

»Das kann ich gut verstehen«, sagte meine Mutter. »Aber vor Nora brauchst du keine Angst zu haben.«

Ich schüttelte den Kopf.

»Wirklich nicht«, sagte ich mit zuckersüßer Stimme.

»Ich habe erst ein einziges Mal unser Haus angezündet. Der Keller stand nur drei Mal unter Wasser. Und unsere vorigen Nachbarn fanden es lustig, wenn mitten in der Nacht der Alarm ausgelöst wurde.«

Ich schaute Ben lange an.

»Viel Spaß in deinem neuen Haus.«

Ich drehte mich um und ging wieder nach oben.

Die geheime Luke

Mitten in der Nacht wachte ich auf. *Bumm … bumm … bumm!*

Ich hörte auf zu atmen und bewegte mich nicht mehr. Ich lauschte mit meinen Ohren, Augen, Zehen und Haaren.

Wollten sich meine Brüder rächen, wegen des Drachen?

Spukten sie etwa auf dem Dachboden herum?

Aber der Lärm kam nicht aus meinem Zimmer. Er kam von nebenan. Aus dem Nachbarhaus.

Vorsichtig kletterte ich aus dem Bett.

Die vorigen Nachbarn hatten ihren Dachboden gar nicht benutzt.

Jetzt aber hörte ich dort ganz deutlich Gepolter. Eine Stimme sagte: »Ich halte mein Referat über …«

Und dann war da dieser dumpfe Knall. Ich hielt den Atem an, aber die Stimme sagte nichts mehr.

Vorsichtig schlich ich mich zur Wand. Mit den Fingern tastete ich die Holzbretter ab. Kein einziges ließ ich aus. Auch nicht an der niedrigsten Stelle des Dachbodens, wo ich nur noch kriechen konnte.

Und dann spürte ich einen Windhauch an der Wange. Ich hielt den Kopf schief. Das war seltsam ... Warum wehte es hier drinnen?

Leise kroch ich zu dem Drachen, den ich erfunden hatte. Aus seinem Kopf zog ich eine der beiden Taschenlampen. Ich schaltete sie ein und richtete den Lichtstrahl

auf die Wand. Und dann machte ich eine Entdeckung! Tief unten am Boden, in der hintersten Ecke, befand sich eine Luke. Man konnte sie fast nicht erkennen. Die Ritzen waren voller Staub. Vielleicht war sie über hundert Jahre lang nicht geöffnet worden. Vielleicht wusste niemand davon außer mir. Stolz schaute ich sie mir an. Meine eigene geheime Luke.

Und dann hörte ich ein lautes *BAMM* und die Luke knallte einfach so in mein Zimmer. Mitten in mein Gesicht.

Ein Vampir?

»Aua!«, rief ich.

Ich ließ die Taschenlampe fallen und sie ging aus.

Mucksmäuschenstill hockte ich dort im Dunkeln. Das Blut rauschte durch meinen Körper. Mein Herz klopfte schneller als ein Düsenjäger. Und meine Nase fühlte sich an, als würde sie brennen. Oder nein: als wäre gerade eine geheime Luke gegen sie geknallt.

Wer konnte hier mitten in der Nacht durch ein Loch in der Wand kommen?

Ohne es zu wollen, fielen mir sofort tausend Antworten ein. Ein Monster. Ein Werwolf. Ein Vampir. Meine Oma.

Und dann war es ganz kurz hell. Die Flamme von einem Streichholz. Fünf Sekunden lang sah ich sein Gesicht.

Da saß er, auf der anderen Seite der Wand. Kein Vampir, sondern mein neuer Nachbarsjunge. Ben.

»Echt wahr?«, fragte ich leise. »Ist das jetzt dein Zimmer?«

Er nickte, und dann ging die Flamme aus.

»Ich habe Licht durch die Ritzen gesehen«, flüsterte er im Dunkeln. »Und dann habe ich diese Luke entdeckt. Als ich dagegen drückte, flog sie plötzlich auf …«

»Ja, mir mitten ins Gesicht!« Ich rieb mir die Nase. Bestimmt war sie gebrochen, aber das war mir völlig egal. In meinem Bauch kribbelte es fröhlich. Was für ein

Abenteuer! Stell dir nur vor, eine Luke, von der niemand weiß …

Jetzt hatten Ben und ich ein Geheimnis. Wir konnten einen Club gründen. Einen Club nur für Dachboden-Kinder. Oder ich könnte meinen Brüdern erzählen, dass es hier wirklich spukte. Dann würde ich …

Plötzlich spürte ich es wieder. Ein eiskalter Windzug wehte mitten ins Zimmer. Was konnte das nur sein?

Eine Spinne mit drei Beinen

Im Dunkeln tastete ich nach der Taschenlampe. *Da war sie!* Durch das Loch in der Wand ließ ich den Lichtstrahl durch Bens Zimmer gleiten. Kartons, Kleiderberge und …

»Dein Fenster steht sperrangelweit offen!«, flüsterte ich erstaunt.

Ich schaute ein wenig genauer hin. Auf dem Fußboden vor dem Fenster stand ein mageres schwarzes Ding. Eine Art Klorolle für Riesen, auf drei dünnen Beinen. Daneben die Kiste, an die ich mich heute Morgen nicht anlehnen durfte. Der Deckel war offen. Und die Kiste leer.

»Was ist das?«, fragte ich. Ich zeigte auf die schwarze Klorolle auf Spinnenbeinen.

»Geht dich nix an«, sagte Ben sofort.

»Ja, hallo!«, flüsterte ich. »Ich wache auf, weil du hier einen Riesenlärm veranstaltest. Und dann trittst du mir

auch noch eine Luke ins Gesicht. Da darf ich doch wohl wenigstens was fragen?«

Er presste die Lippen zusammen. Wirklich. Mit diesem Jungen zu reden, das war, wie gegen eine Wand zu sprechen. Eine Betonwand. Ohne Luke.

»Ich kapier das nicht!«, flüsterte ich. »Wer übt denn mitten in der Nacht sein Referat? Und dann noch im Dunkeln! Am offenen Fenster?«

Er bekam einen Schrecken, das sah ich.

»Hast du das gehört?«

»Nur den Anfang«, sagte ich. »Danach nicht mehr.«

Er schüttelte den Kopf. Seine Augen blitzten nicht mehr. Sein Gesicht war blass.

»Mach die Luke wieder zu«, sagte er leise.

Und dann ballte er die Fäuste. »Ich frage Papa, ob er ein Schloss an die Luke machen kann! Und dann spritze ich Zahnpasta in alle Ritzen. Und schiebe einen Schrank davor. Und dann brauche ich dich nie wieder zu sehen!«

Ich sagte nichts mehr. Es war einfach zu blöd. Endlich hatte ich einen Nachbarsjungen in meinem Alter. Und gemeinsam hatten wir eine geheime Luke. Aber was brachte das, wenn dieser Junge Ben war?

Schweigend hob ich die aneinandergenagelten Bretter auf und drückte sie zurück in die Wand.

Ich wünschte mir, man könnte Freunde *erfinden*. Dass man sie sich aus Pappe mit Leim und ein paar Nieten bauen könnte. Dann würde ich mir einen ganzen Dachboden voller Freunde basteln. Selbst gemachte Freunde, die Lust auf jedes Abenteuer hatten. Aber so funktioniert das leider nicht.

Total praktisch

Als ich am Samstag aufwachte, war meine Nase doppelt so groß wie sonst.

Meine Brüder kriegten sich am Frühstückstisch gar nicht mehr ein.

»Nora hat eine neue Erfindung!«, rief Bas. »Die lila Tomate! Man braucht gar keine Erde dafür, die wächst einfach so mitten im Gesicht.

»TO-TAL-PRAK-TISCH«, schrie Felix.

Guus schaute mich ernsthaft an. »Deine Nase sieht eher aus wie eine Babyratte«, sagte er dann. »Du weißt schon, so eine winzige Ratte, die gerade frisch geboren ist. Ganz rosa und glänzend und kahl.«

Ich hätte hundert Sachen entgegnen können. Meine Brüder sind zwölf und dreizehn und fünfzehn. Sie haben überall Schweiß und Haare. Ihre Arme sind zu lang für

ihre Körper. Und sie haben Angst vor einem Pappdrachen. Aber ich sagte nichts. Ich dachte an die geheime Luke. An Ben. Und an die Freunde, die man sich nicht mal schnell zusammenbasteln konnte.

Papa kam in die Küche.

»Die Nachbarn haben ganz schön viel zu tun mit dem Umzug.«

Er schenkte sich Kaffee ein. »Gerade habe ich sie schon wieder wegfahren sehen. Sie haben gestern Nacht dermaßen seltsame Geräusche gehört … Sie wollten sich sofort eine neue Alarmanlage anschaffen.«

Ich legte mein Brötchen mit Schokostreuseln hin.

Plötzlich hatte ich eine Idee. Bestimmt hatte Ben noch keine Zeit für dieses Schloss an der Luke gehabt. Und auch nicht für Zahnpasta in den Ritzen. Oder dafür, einen Schrank vor die Luke zu rücken. Und jetzt war gerade niemand im Nachbarhaus …

»Ich erfinde schnell noch was«, rief ich rasch. »Eine Art neues Radio. Wenn man da an den Knöpfen dreht, kann man jeden hören. Jeden, außer Jungen, die zwölf und dreizehn und fünfzehn sind. TO-TAL-PRAK-TISCH.«

Erwischt

Oben auf dem Dachboden holte ich tief Luft. Die Nachbarn kauften also gerade eine Alarmanlage. Das war genau der richtige Moment. Ich kniete mich vor die Luke und schob mein Taschenmesser in die Ritze. Ich hebelte und zog und drehte ... Und plötzlich gab die Luke nach.

Es hatte geklappt! In Bens Zimmer herrschte Totenstille. Das Fenster war zu. Und über der Spinne mit drei Beinen hing ein schwarzes Tuch.

Vorsichtig kroch ich durch das Loch in der Wand.

Es fühlte sich seltsam an, einfach so durch das Zimmer von jemand anderem zu gehen. Auf dem Fußboden lagen überall Blätter aus einem Schulheft. *Die Sonne ist auch ein Stern*, stand da. Und: *Das Licht der Sterne reist durchs Weltall. Manchmal dauert eine solche Reise zur Erde über tausend Jahre. Wenn wir das Licht dann endlich sehen, ist*

es schon sehr alt. Also sehen wir eigentlich, wie die Sterne früher waren. Ich zog die Stirn kraus. Mein Gehirn knirschte. Wie konnte das Licht denn nur …

Wamm!

Bens Zimmertür wurde aufgerissen. Zum Weglaufen war es zu spät.

Es war auch zu spät, um eine Jacke zu erfinden, mit der man unsichtbar wurde. Da stand ich, mitten in seinem Zimmer.

Und an der Türschwelle stand Ben. Mit großen Augen schaute er mich an. Als wäre ich ein Dieb. Oder ein Vampir. Oder seine Oma.

»Ihr wolltet doch eine Alarmanlage kaufen!«, rief ich. »Ihr wart gerade erst weg!«

Er sagte nichts. Er trug einen blauen Pulli mit dem Mond darauf. Und seine Zottelhaare standen ihm natürlich wieder wild vom Kopf ab.

»Tut mir leid …« Meine Wangen fühlten sich genauso rot an wie meine Nase. »Ich wollte das Ding mit den Spinnenbeinen so gern sehen. Aber äh, ich bin dann mal wieder weg …«

Schnell ging ich zurück zur Luke.

»Ich weiß, dass du jetzt Zahnpasta in die Ritzen spritzt«, sagte ich. »Das verstehe ich.«

Ich bückte mich. »Aber das mit den Sternen verstehe ich nicht. Sehen wir wirklich die Sterne von früher? Wie kann denn das sein?«

Ich war schon halb durch die Luke, als ich seine Stimme hörte.

»Warte!«

Mein Kopf war schon wieder in meinem Zimmer. Aber mein Po war noch in seinem. Umgekehrt wäre es besser gewesen. Aber ich traute mich nicht, mich zu rühren.

Zeitreise

»Hör zu«, sagte Ben ernsthaft zu meinem Po. »Wenn das Licht von einem Stern tausend Jahre braucht, um zu uns zu reisen … Und du siehst dieses Licht dann endlich… Dann siehst du den Stern, wie er vor tausend Jahren gewesen ist. Nicht den Stern, wie er jetzt ist. Also siehst du Früher.«

Ich kroch zurück. Ich konnte wirklich nicht klar denken mit dem Kopf in dem einen und dem Po im anderen Zimmer.

»Woher weißt du das alles?«, fragte ich.

Ben zeigte auf einen Stapel Bücher.

»Und aus dem Internet natürlich.«

Ich dachte noch immer über die Sterne von früher nach. Es war ein wenig wie eine Reise durch die Zeit.

»Aber stell dir nur vor«, sagte ich, »ich würde auf

einem Stern stehen. Und von dort aus würde ich zur Erde schauen ... Würde ich dann auch die Erde von früher sehen?«

Ben fing an zu lachen. »Ja!«

»Wirklich?«, fragte ich. »Würde ich dann meinen Opa als kleinen Jungen sehen? Oder Dinosaurier aus der Urzeit?«

Ben nickte. »Ja. Oder, na ja, das geht natürlich nicht. Du stehst ja nicht auf einem Stern, du bist hier. Wir sind alle hier ...«

Plötzlich schaute er traurig.

»Gefällts dir hier nicht?«, fragte ich.

»Nein.«

»War es besser, wo du früher gewohnt hast?«

Er schüttelte den Kopf. »Ich wollte, wir wären viel weiter weg gezogen! Bis ans andere Ende der Welt. Aber jetzt gehe ich noch immer auf dieselbe Schule. Und Dienstag muss ich ein Referat halten …«

Ich dachte wieder an gestern Nacht, als ich seine Stimme durch die Wand gehört hatte. Und ich schaute zu all den Büchern auf dem Fußboden.

»Hältst du dein Referat vielleicht über die Sterne?«, fragte ich. »Das ist praktisch! Du weißt so viel darüber …«

»Aber ich *hasse* Referate!«, rief Ben. »Eigentlich war ich damit ja schon letzte Woche dran. Aber mein Hals war wie zugeschnürt und meine Hände klebten wie verrückt. Alle Kinder haben mich angestarrt. Das fand ich ganz schrecklich. Und weißt du, was dann passiert ist?«

Ich schüttelte den Kopf.

»Ich habe angefangen zu weinen.«

Ben sah mich nicht an. »Mitten in der Klasse! Danach wollte ich runter von der Schule. Aber ich durfte nicht. Und jetzt muss ich mein Referat am Dienstag halten …«

Er seufzte sehr tief.

Ich hatte keine Ahnung, was ich sagen sollte.

Dieses Jahr habe ich ein einziges Mal in der Schule geweint. Das war, als ich mir beim Turnen das Handgelenk gebrochen habe. Als ich gerade ganz viel Schwung genommen hatte, fiel ich aus den Ringen. Dann darf man weinen. Aber wenn man bei einem Referat weint … Tja, dann kann man danach wohl wirklich am besten von der Schule gehen.

»Ich muss nach unten«, sagte Ben heiser.

»Zahnpasta holen, für die Ritzen?«, fragte ich.

Er zögerte. »Na ja …«

Endlich sah er mich wieder an. »Vielleicht können wir die Luke noch eine Weile offen lassen? Nur so, falls du noch mehr über die Sterne wissen möchtest?«

Plötzlich war da wieder dieses fröhliche Kribbeln in meinem Bauch.

»Wissen deine Eltern von der Luke?«, fragte ich.

Er schüttelte den Kopf. »Ich hab ihnen nichts erzählt.«
»Ich meinen auch nicht«, sagte ich.
Wir schauten uns an und fingen an zu lachen.

Ohne Augen

In dieser Nacht wurde ich wach, weil mir jemand die Hand auf die Schulter legte. Ich träumte gerade von einem Tiger, also bekam ich einen Riesenschrecken.

»Ich bins«, flüsterte eine Stimme. »Ben …«

»Du hast ja einen Knall!«

Mein Herz klopfte mir bis zum Hals. »Um ein Haar wärst du tot gewesen, weißt du. Hier liegen lauter Waffen rum ...«

Ich zeigte auf den Jungen-Pümpel mit den fünfzig Nägeln. Aber ich ließ ihn liegen, wo er war.

»Komm mit«, flüsterte Ben. »Ich will dir was zeigen.«

»Soll ich meine Taschenlampe mitnehmen?«, fragte ich.

»Nein!«, sagte er sofort. »Licht ist überhaupt nicht gut. Dann funktionieren deine Augen im Dunkeln nicht mehr richtig.«

Ich kroch hinter ihm her durch das Loch in der Wand. In seinem Zimmer gab es eine Stelle, die heller war als alles andere: das offene Fenster.

»Pass auf, hier stehen lauter Kartons rum«, flüsterte er.

Und dann standen wir neben der dreibeinigen Spinne.

»Das hier«, sagte er stolz, »das hier ist mein Sterngucker.«

Die schwarze, sehr lange Klopapierrolle zeigte mit einer Seite in den Himmel. Ben schaute durch die andere und drehte mit der Hand an einem Rädchen.

»Ich stelle ihn kurz scharf«, sagte er. »Wenn du jetzt da durchguckst, siehst du den Mond.«

Ich wollte sagen, dass ich den Mond auch ohne das Ding sehen konnte. Ganz normal mit meinen Augen. Aber ich hielt den Mund. Ben trat einen Schritt zur Seite und ich spähte durch das Rohr.

»Wow«, flüsterte ich. »Der Mond hat ja überall Pickel!«

»Das sind Krater«, sagte Ben. »Vor sehr langer Zeit sind große Steinbrocken gegen den Mond geflogen. Und all diese Steine haben Löcher geschlagen.«

Still schaute ich zu den Pickeln auf dem Mond. Dort im Himmel schwebte ein riesiger Steinball. Und durch diesen Himmel flog auch die Erde. Eine noch größere Kugel mit Häusern darauf, und Kühen und Bäumen und Autos. Und Ben. Und mir.

»Ich komme mir auf einmal ganz klein vor«, sagte ich leise. »Als wäre ich nur ein winzig kleines Staubteil.«

Neben mir im Dunkeln spürte ich seine Schulter.

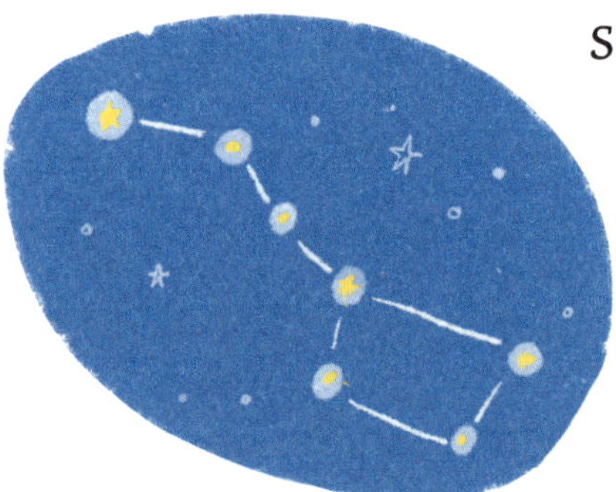

»Wir sind alle winzig klein«, flüsterte er zurück. Er zog den Sterngucker zu sich. »Warte, ich zeige dir den Großen Wagen. Der gehört zum Großen Bären, aber das Sternbild kann man nicht so leicht erkennen. Aber den Großen Wagen kann man fast immer finden ... sieh nur ... Sieben ganz helle Sterne, die aus-

HOTEL
H

sehen wie ein Wagen, so eine Art Bollerwagen mit einer Deichsel.«

Durch das Fenster wehte immer noch ein kühler Wind, aber ich wollte nicht weg. Um uns herum schlief die ganze Stadt. Es war mucksmäuschenstill. Nur wir waren wach. Und die Sterne.

»Wir sind winzig klein«, sagte Ben leise. »Das weiß ich ... Trotzdem fühle ich mich groß, wenn ich mir die Sterne ansehe. Weil ich Augen habe, und sie nicht. Ich sehe die Sterne. Aber sie schauen nicht zurück.«

Er seufzte. »Wenn ich mein Referat doch nur vor den Sternen halten könnte, dann wüsste ich ganz genau, was ich erzählen würde ...«

Meine Brüder

»Nora!« Bas stürmte einfach so auf meinen Dachboden.

»Du sollst anklopfen!«, rief ich ihm wütend zu. »Was steht da an der Tür?«

Da hing ein großes Blatt Papier:

Bas schaute zu meinem Sieb mit den fünfzig Nägeln.

»Was ist denn das?«

»Ein Jungen-Pümpel«, sagte ich stolz. »So ein Teil für den Abfluss. Aber jetzt eben für Jungen.«

Bas schüttelte den Kopf. »Wow. Du erfindest echt immer so gemeine Sachen.«

»Gemein?«, fragte ich erstaunt. »Aber ihr seid doch gemein zu mir!«

Bas verschränkte die Arme vor der Brust. »Es fing mit einer Brille an, damit du uns nicht mehr sehen musstest. Dann hast du eine neue Mäusefalle gebaut, die Bas-Falle. Guus' Zimmer wurde ein Schwimmbad. Mit Aufblaskrokodil. Für Felix hast du eine Sprühdose erfunden. Nicht gegen Mücken, sondern gegen Felixe. Dieser blöde Drache hätte uns fast gekillt, so einen Schrecken haben wir bekommen. Und jetzt baust du einen Jungen-Pümpel!«

Schweigend schaute ich zu den fünfzig Nägeln.

»Übrigens brauche ich das Klebeband«, sagte Bas. »Hast du die große Rolle noch?«

Ohne etwas zu sagen, gab ich sie ihm.

Die Tür klappte hinter ihm zu.

Ich kam mir sehr klein vor. Dabei schaute ich nicht einmal zu den Sternen.

Eine nicht gemeine Erfindung

Den ganzen Sonntag blieb ich in meinem Zimmer. Vor mir lag ein großer Bogen Papier. Manchmal schaute ich kurz zu der Luke. Dann dachte ich an letzte Nacht. An die Pickel auf dem Mond. An die Sterne ohne Augen. Und an Ben, der Dienstag sein Referat halten musste. Danach starrte ich wieder auf das weiße Papier. Dieses Mal sollte meine Erfindung anders werden als alle anderen Male.

Gemeine Erfindungen machten Spaß. Und waren oft witzig. Aber heute wollte ich etwas erfinden, das nicht gemein war. Es dauerte bis tief in die Nacht.

Und dann hatte ich plötzlich eine Idee.

Die beste Idee der Welt.

Sofort öffnete ich die Luke, um Ben

davon zu erzählen. Und zufällig fand er es auch die beste Idee der Welt.

Am Montag stand ich vor dem Supermarkt und wartete. Dort hatte ich mich nach der Schule mit Ben verabredet.

»Bist du bereit?«, fragte ich.

Er nickte, aber er schaute ein wenig seltsam. Als wäre ihm schwindlig.

Gemeinsam gingen wir hinein. Wir liefen durch alle Gänge, bis wir Bas fanden. Er füllte gerade ein Regal mit

mindestens hundert Milchpackungen auf. Er trug einen komischen gelben Kittel vom Supermarkt, aber dazu sagte ich nichts.

»Hallo, Bas!«, rief ich.

»Oje«, sagte er. »Kommst du her, um was anzuzünden?«

Ich schüttelte den Kopf. »Ich brauche deine Hilfe.«

»Ich bin bei der Arbeit«, sagte mein Bruder.

»Pf, das sehe ich! Darum kommen wir ja hier vorbei. Du musst uns helfen ...«

Bas zog die Augenbrauen zusammen. »Warum sollte ich das tun?«

»Tja ...«, sagte ich. »Dann verspreche ich dir, nie wieder eine Bas-Falle zu bauen. Und ich erfinde einen Hut, nur für dich allein. Wenn du den aufsetzt, finden dich alle Mädchen großartig.«

Bas fing an zu lachen. »Also gut, aber unter einer Bedingung: Das mit dem Hut lässt du bitte sein! Dann helfe ich euch.«

Kurze Zeit später standen Ben und ich wieder auf der Straße. Jeder von uns schob einen Einkaufswagen. Ganz vorsichtig, weil sie mit Kartons beladen waren.

Leeren Kartons, die wir vom Supermarkt bekommen hatten. Insgesamt dreißig. Die brauchten wir für meine Erfindung.

Dreißig Große Wagen und ein wenig Blut

Keuchend lagen wir oben in meinem Zimmer auf dem Fußboden. Wir hatten gerade dreißig Kartons raufgeschleppt.

»Jetzt musst du den Großen Wagen zeichnen«, sagte ich zu Ben. »Zeichne die Sterne so, wie sie am Himmel stehen. Vier Sterne für den Wagen und dann die Achse.«

Er holte ein Buch aus seinem Zimmer, um den Großen Wagen genau nachzuzeichnen. Ich ging in die Küche, um zwei Spieße zu holen.

Und dann machten wir uns an die Arbeit. Erst klappte es nicht, weil alles falsch herum war. Wir mussten es mindestens zehn Mal ausprobieren. Und ein Mal stach Ben in seinen Finger und nicht in die Pappe. Da war plötzlich ein wenig Blut am Großen Wagen.

Aber abends um elf Uhr waren alle Kartons endlich fertig. Papa und Mama glaubten natürlich, ich würde längst schlafen.

Während Ben zurück in sein Zimmer kroch, hörte ich ihn murmeln. Sätze aus seinem Referat. In weniger als zwölf Stunden war es so weit.

Ich schaute zu meinem Fenster. Heute Nacht zog ich die Vorhänge nicht zu. Der Mond sollte ruhig in mein Zimmer scheinen.

Und dann fiel mir plötzlich etwas ein.

Gestern war Sonntag. Heute war Montag. Und morgen war Sternentag.

Ich fand es fast genauso spannend wie Ben.

Ben ist ein Pudding

»Bas«, sagte ich beim Frühstück. »Wenn ich verspreche, keine Bas-Falle mehr zu machen … Und keinen Hut, damit alle Mädchen dich toll finden … Und auch keine Seife, von der deine Nasenhaare superschnell wachsen … Bringst du mich dann heute zur Schule?«

Felix und Guus sahen mich an, als wäre ich eine gruselige Schlange.

Aber Bas musste lachen. »Von mir aus.«

»Ach ja«, sagte ich. »Dreißig Kartons müssten auch noch mit.«

»Ist gut«, sagte Bas.

Bas, Ben und ich gingen mit zwei Einkaufswagen über die Straße. Darin lagen dreißig Kartons.

Bas und ich schoben, Ben rannte hinter uns her.

Immer wieder fielen Kartons auf den Boden. So schnell er konnte, legte Ben sie wieder zurück. Und dann fielen sie wieder runter.

Das war sehr gut, weil Ben so viel zu viel zu tun hatte, um nachzudenken. Ich glaube, er vergaß sogar fast sein Referat.

»Ach ja«, sagte ich mitten auf der Straße zu Bas. »Wir gehen heute nicht zu meiner Schule. Wir gehen zu Bens Schule.«

Bas zuckte die Achseln. »Auch gut.«

Aber dann blieb er stehen. »Warte mal ... Wenn du gleich nicht in der Schule bist, rufen sie bei Papa und Mama an. Dann kriegst du Ärger.«

Ich seufzte. »Ich weiß.«

Ich legte den Kopf schief und schaute meinen Bruder an.

»Bas, du kannst Papas Stimme so gut nachmachen ... Könntest du vielleicht kurz in der Schule anrufen? Sag nur, dass ich plötzlich zum Zahnarzt musste!«

Bas grinste. »Ist gut.«

In Bens Schule war alles gelb und orange. Als würde man durch die Sonne gehen. Wir waren spät dran, es hatte schon geklingelt.

So schnell wir nur konnten, brachten wir alle Kartons in seine Klasse. Ich schaffte fünf gleichzeitig, Bas neun. Ben nur drei, weil es ihm wieder eingefallen war. In ein paar Minuten fing sein Referat an. Seine Hände zitterten und er war blass.

»Ich kann das nicht«, flüsterte er mir zu.

»Natürlich kannst du das!«, sagte ich.

Er schüttelte den Kopf. »Es fühlt sich an, als wäre ich ein Pudding. So ein roter Wackelpudding. Ich *schwabbel*!«

»Du schwabbelst nicht«, flüsterte ich. »Schwabbeln gibts nicht. Niemand schwabbelt.«

»Wackelpudding schwabbelt!«, sagte Ben.

Fast kriegte ich einen Lachkrampf. Aber nur fast.

»Denk an meine Erfindung«, sagte ich leise. »Du musst keine Angst haben. Niemand sieht dich an. Nur die Sterne, und die haben keine Augen.«

Das Referat

Bas war weg. Auf jedem Tisch stand ein Karton.

Ben stand vor der Klasse. Vor allen Kindern und der Lehrerin.

Und ich saß in einer Ecke und tat, als gäbe es mich nicht. Was jetzt kam, war für Ben am schwierigsten, das wusste ich. Weil jetzt noch alle Augen hatten.

»Ich ...«, sagte Ben. Er räusperte sich. »Ich mag gerne ...« Seine Wangen wurden rot.

»Mein äh ...« Er hatte recht, jetzt sah ich es auch.

Er *schwabbelte* von Kopf bis Fuß. Seine Augen schossen hin und her. Alle Kinder starrten ihn an. Die Lehrerin biss sich auf die Lippe. Und dann schaute Ben zu mir.

Ich holte tief Luft. Ganz auffällig, damit er

es sehen konnte. Und dann tat er dasselbe. Er holte ganz tief Luft, und dann fing er an zu reden.

»Ich werde etwas über äh … über die Sterne erzählen.« Er schaute nur zu mir. »Vor euch, äh, auf dem Tisch … Da steht ein Sterngucker. Den müsst ihr euch aufsetzen.«

Die Kinder schauten erstaunt von Ben zu ihren Kartons.

»Wie bitte?«, fragte die Lehrerin. Sie runzelte die Stirn.

Ich hielt auch einen Karton in der Hand.

Auf jeden einzelnen hatten wir an einer Seite das Wort »Vorne« geschrieben.

Ohne etwas zu sagen, zog ich mir den Karton über den Kopf. Sofort war es ganz dunkel. Stockdunkel, bis auf sieben Punkte in Form eines Wagens. Sieben Löcher, die wir in den Karton gestochen hatten.

Um mich herum hörte ich Geflüster, und dann überall Rascheln. Ich zog mir den Karton vom Kopf und bekam fast wieder einen Lachkrampf.

Alle Kinder hatten einen Karton auf dem

Kopf. Und sogar die Lehrerin. Es gab keine Augen mehr, nur noch Sterne. Ich wollte den Karton wieder aufsetzen. Aber Ben schüttelte den Kopf. Ich durfte ihn sehen.

Kerzengerade stand er vor der Klasse mit den dreißig Kartons.

»Was ihr jetzt seht«, sagte er, »ist der Große Wagen.«

Seine Stimme zitterte nicht mehr. Sein Körper schwabbelte nicht mehr.

»Die sieben Sterne stehen in Form eines Wagens am Himmel. Nachts kann man sie sehen. Und wenn ihr den Karton einfach aufbehaltet, bis mein Referat vorbei ist … Dann erkennt ihr die Form des Großen Wagens ab jetzt für immer.«

Immer Sternentag

Mucksmäuschenstill hörte ich ihm zu.

Jetzt, da es keine Augen mehr gab, konnte Ben erzählen wie ein Weltmeister. Er erklärte, warum der Mond Pickel hat. Er erzählte von den Planeten. Und dass wir immer die Sterne von früher sehen.

Am Ende klatschten alle total laut.

Aber dann.

»Sehr schön«, sagte die Lehrerin. »Dann dürft ihr jetzt Fragen stellen. Setzt die Kartons wieder ab …«

Ehe Ben etwas sagen konnte, zogen sich alle Kinder die Kartons vom Kopf.

Plötzlich starrten ihn alle Augen wieder an.

Ich sah, wie er schneller atmete.

Nach der ersten Frage blieb es sehr lange still. Ich kniff die Hände zusammen.

Jetzt konnte ihm meine Erfindung nicht mehr helfen.

Aber dann sah Ben zu den leeren Kartons.

Er strich sich die Haare zurück.

Schaute noch einmal zu den Kartons.

Und plötzlich konnte er wieder sprechen. Nicht so leicht wie ohne Augen, aber es ging. Er wusste die Antwort auf alle Fragen.

Stolz schaute ich zu ihm. Als die Fragen fertig waren, klatschten wir noch einmal. Total laut.

Nach der Stunde brachte Ben mich zum Ausgang. Gemeinsam gingen wir an den gelben und orangefarbenen Wänden entlang.

»Du warst supergut!«, sagte ich.

»Wirklich?«, fragte Ben.

Ich nickte. »Einmal dachte ich kurz, es würde doch noch schiefgehen. Als sie Fragen stellten und keinen Sterngucker mehr aufhatten.«

»Das dachte ich auch«, sagte Ben. »Ich spürte den Pudding schon in meinen Beinen schwabbeln. Aber dann habe ich zu den dreißig Kartons geguckt. Und daran gedacht, wie witzig das aussah. All die Kartons, die mir zuhörten … Und dass auch die Lehrerin einen Karton hatte und keinen Kopf. Also stelle ich mir jetzt bei jedem Referat … einfach vor, dass alle einen Karton auf dem Kopf haben!«

Ich nickte. »Ich erfinde noch viel mehr für dich!«

»Oje«, sagte Ben. »Das meinten deine Brüder schon … Du machst doch keine Seife für mich, von der mir Nasenhaare wachsen?«

Ich fing an zu lachen. »Nein, versprochen!«

Einen Moment blieb es still.

»Weißt du«, sagte er dann. »Ich glaube, ich schmiere doch keine Zahnpasta in die Ritzen der Luke.«

»Wirklich nicht?«, fragte ich.

»Auch nicht nächste Woche? Oder nächsten Monat?«

Er schüttelte den Kopf. »Ich will auch lernen, wie man Sachen erfindet. Und du musst noch mindestens eine Million andere Sterne sehen.«

Ich dachte an unseren Dachboden. Gleich, wenn ich zu Hause war, würde ich den Durchschlag vom Besenstiel schrauben. Und alle fünfzig Nägel wieder rausziehen.

Ich war mir ganz sicher. Ich brauchte keinen Jungen-Pümpel mehr.

Außerdem von Anna Woltz im Carlsen Verlag erschienen:

Für immer Alaska

Gips oder wie ich an einem einzigen Tag die Welt reparierte

Hundert Stunden Nacht

Meine wunderbar seltsame Woche mit Tess

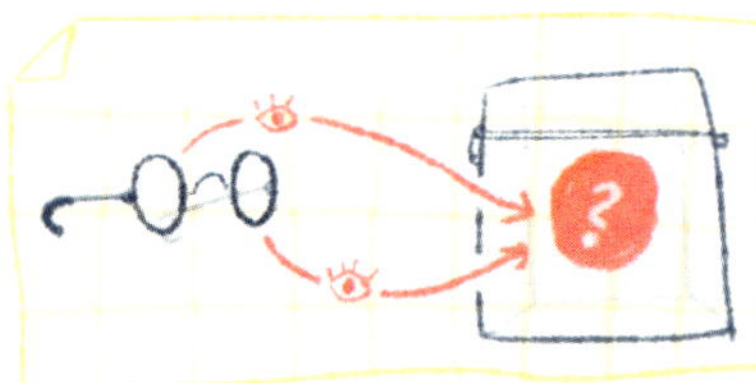

CARLSEN-Newsletter: Tolle Lesetipps kostenlos per E-Mail!
Unsere Bücher gibt es überall im Buchhandel und auf carlsen.de.

Originalverlag: Em. Querido's Uitgeverij, Amsterdam
Originaltitel: Zondag, maandag, sterrendag
Umschlag- und Innenillustrationen: Lena Hesse
Aus dem Niederländischen von Andrea Kluitmann
Lektorat: Katja Maatsch
Layout und Herstellung: Karen Kollmetz
Druck und Bindung: Dimograf
ISBN 978-3-551-55768-1
Printed in Poland

FSC
www.fsc.org
MIX
Papier aus verantwortungsvollen Quellen
FSC® C018236